AF336758

L'ANNIVERSAIRE,

OU

UNE JOURNÉE

DE PHILIPPE-AUGUSTE.

L'ANNIVERSAIRE,

OU

UNE JOURNÉE

DE PHILIPPE-AUGUSTE;

COMÉDIE-HÉROÏQUE

EN UN ACTE ET EN VERS,

Par MM. DE RANCÉ et THÉAULON;

Représentée pour la première fois sur le Théâtre-Français,
le 16 Novembre 1816, par les Comédiens de Sa Majesté.

A PARIS,

Chez CUSSAC, Imprimeur-Libraire, rue Montmartre,
N°. 30, presque vis-à-vis celle du Jour.

1816.

| PERSONNAGES. | ACTEURS. |

PHILIPPE-AUGUSTE, Roi de France. M. DAMAS.
LE COMTE DE DREUX . . . . M. BAPTISTE aîné.
LA COMTESSE . . . . Melle. RÉGNIER.
LE DUC DE MONTFORT, Amant
   d'Héloïse, Favori de Philippe.. . . . M. ARMAND.
HELOISE,   . . Melle. DUPUIS.
          } Filles du Comte.{
GABRIELLE,   . . Melle. BOURGOIN.
LE COMTE ROGER, Courtisan . . M. MICHELOT.
ROBERT, Valet du Comte . . . . .
VASSAUX DU COMTE DE DREUX.

La scène se passe dans le château du Comte de Dreux, aux environs de Dreux.

Le théâtre représente un salon Gothique : les portes du fond sont ouvertes et laissent apercevoir un piedestal entouré de guirlandes.

L'ANNIVERSAIRE,

OU

UNE JOURNÉE DE PHILIPPE-AUGUSTE,

COMÉDIE-HÉROÏQUE EN UN ACTE ET EN VERS.

SCÈNE PREMIÈRE.

HÉLOISE, GABRIELLE.

(Elles sont occupées des apprêts d'une fête).

GABRIELLE.

Lorsque chacun ici se livre à l'allégresse,
D'où peut naître, ma sœur, votre sombre tristesse?
Ne partagez-vous pas nos transports, notre amour?
Avez-vous oublié que nous fêtons le jour
Qui vit naître ce Roi, le sauveur de la France?
Verriez-vous cette fête avec indifférence?

HÉLOÏSE.

Tu me juges bien mal.

GABRIELLE.

      Essuyez donc vos pleurs
Ou laissez-moi du moins partager vos douleurs.
La peine confiée est toujours moins cruelle.

HÉLOÏSE.

Tu ne saurais douter, ma chère Gabrielle,
De l'amour de ta sœur?

GABRIELLE.

En douter ? non, jamais !
Et pour moi, cependant, vous avez des secrets.

HÉLOÏSE.

Ah ! tu mérites bien toute ma confiance ;
Et si j'ai pu garder avec toi le silence,
C'était pour ménager ta sensibilité,
Le calme de ton cœur, ton aimable gaîté ;
Mais saches donc enfin le mal qui me dévore :
Je perds sans nul espoir un amant qui m'adore ;
Il avait mes sermens, j'avais reçu les siens,
Nos parens approuvaient ces fortunés liens,
Je touchais au bonheur et j'en perds l'espérance !
Le Roi n'approuve pas cette douce alliance ;
Il défend à Montfort de s'unir avec moi,
Et son premier devoir est d'obéir au Roi.

GABRIELLE.

Comment ! un Roi si bon défend qu'on se marie !
En vérité, ma sœur, c'est de la tyrannnie.

HÉLOÏSE.

De cet arrêt cruel connais mieux la raison ;
Apprends tous les malheurs de ta noble maison.
Dans un cloître sévère avec soin élevée,
Et depuis quelques jours, seulement, arrivée,
Tu ne sais pas encor de quels revers affreux
Le ciel voulut frapper tes parens malheureux !
Quand Louis sept mourut, la Reine son épouse,
Du rang qu'elle perdait et de ses droits jalouse,
Montrant, en apparence, un front calme et soumis
Arma sécrètement ses fidèles amis.
Pour elle on vit alors sous la même bannière,
Les princes de Champagne et le comte mon père.

Inutiles efforts! devant le jeune Roi,
Sous les murs de Nemours tout fuit avec effroi,
Et dans l'adolescence unissant au courage
Les vertus, de sa race immortel appanage,
Par un noble pardon faisant taire les lois,
Philippe crût les vaincre une seconde fois.
Mais au lieu de tomber aux genoux de son prince,
Mon père humilié revient dans sa province,
S'enferme en ce château, faisant vœu sans retour
De toujours méconnaître et Philippe et sa cour.

GABRIELLE.

Que dites-vous, ma sœur? j'ai peine à vous comprendre;
Mon père aime son Roi de l'amour le plus tendre.

HÉLOÏSE.

Comme nous l'aimons tous.... ici, pendant dix ans,
Le comte a renfermé ses longs ressentimens.
S'il n'aimait pas Philippe, il aimait sa patrie,
D'un cœur vraiment français première idolatrie!
Sa patrie est heureuse, et mon père aujourd'hui
Est peut-être du Roi le plus fidèle appui;
Il verserait son sang pour défendre son maître;
Mais il prétend l'aimer sans le laisser paraître.
Il craint que le public, en voyant son retour,
Ne l'impute au désir de rentrer à la cour;
La peur d'être taxé d'une action si basse
Lui fait du souverain préférer la disgrace;
Mais il chérit l'auteur du bonheur des Français,
Et soumis une fois son cœur l'est pour jamais.

GABRIELLE.

Ainsi, voilà pourquoi de cet anniversaire
Pour tout autre que nous la fête est un mystère?
Mon père aime Philippe et craint de le montrer?
Avec éclat ici je veux le célébrer;

Ou si dans le château l'on gêne mon hommage,
J'irai joindre mes vœux aux transports du village,
Puisque c'est là....

HÉLOÏSE.

Ma mère approche de ces lieux
Tâchons de dérober mes peines à ses yeux.

SCÈNE II.

Les mêmes. LA COMTESSE.

LA COMTESSE.

Eh! quoi! mon Héloïse, encor triste, pensive,
Rien ne peut-il calmer une douleur si vive?

HÉLOÏSE.

Ah! ma mère!...

GABRIELLE.

En effet, ma sœur, en ce beau jour,
Il faut songer au prince et non pas à l'amour.

LA COMTESSE.

A ton âge souvent la vie est orageuse,
Mais la vertu toujours finit par être heureuse.

HÉLOÏSE.

e sens, auprès de vous, ma force s'augmenter.

GABRIELLE.

Eh! bien, plus de chagrin, tâchez de m'imiter.
(*A la Comtesse.*)
Voyez, de ces apprêts êtes-vous satisfaite?

LA COMTESSE.

Ah! rien ne doit manquer à cette aimable fête.

GABRIELLE.

Oui rien ! c'est mon avis ; mais par malheur je voi
Ce que nous n'aurons point.

LA COMTESSE.

Eh ! quoi donc ?

GABRIELLE.

C'est le Roi !

Mon fort m'avait promis son image adorée,
Et pour la recevoir la place est préparée.
Vous verrez que ce soir nos vœux seront déçus :
Heureusement j'ai là le buste de Titus.

HÉLOÏSE.

Me trompai-je ! Montfort !

____

SCÈNE III.

Les mêmes. MONTFORT.

MONTFORT.

Calmez-vous, Héloïse.

(A la Comtesse.)
De me voir aujourd'hui vous êtes bien surprise !
(A Héloïse.)
Vous ne m'attendiez pas ?

HÉLOÏSE.

Ah ! je pensais à vous.

MONTFORT.

Ce moment à-la-fois est cruel et bien doux !
Le plaisir qu'il me fait va s'éloigner si vîte !
J'arrive, et dans l'instant il faut que je vous quitte.

LA COMTESSE.

Qui peut vous y forcer ?

MONTFORT.

L'ordre du Roi.

LA COMTESSE.

Comment !

MONTFORT, *agité.*

Je me suis échappé pour vous voir un moment.
Le Roi, depuis hier, est à Dreux ; j'imagine
Qu'il chassera ce soir dans la forêt voisine,
Et si j'étais surpris, sortant de ce séjour,
Je serais perdu.

LA COMTESSE.

Ciel !

MONTFORT.

Ah ! perdu sans retour.

LA COMTESSE.

Quel est donc ce mystère, et qu'auriez-vous à craindre?

HÉLOÏSE.

Montfort, expliquez-vous.....

MONTFORT.

Combien je suis à plaindre !
Apprenez que le Roi me défend de vous voir !

HÉLOÏSE.

Grand dieu !

LA COMTESSE.

Se pourrait-il !

MONTFORT.

Je suis au désespoir !
Par ma lettre d'hier vous avez su, madame,
Le refus si cruel qui déchire mon ame !
J'étais loin de penser que, contraire à mes vœux,
Le Roi refuserait de couronner mes feux.
En vain j'ai de l'amour employé l'éloquence ;
Tous mes efforts semblaient armer sa résistance !

Pourtant en exerçant cette sévérité,
Ce prince m'a montré sa touchante bonté.
Cher Montfort ; m'a-t-il dit, lorsque ton Roi t'afflige,
Crois que le devoir seul à ce chagrin l'oblige,
Et qu'autant que le tien son cœur en a gémi,
Mais ne vois maintenant en lui qu'un tendre ami.
Il veut te consoler en partageant ta peine ;
La douleur qu'il éprouve est égale à la tienne :
Comme Roi, si Philippe a dû blesser ton cœur,
Philippe, comme ami, calmera ta douleur. »
A ces mots, dans ses bras ce bon prince me presse,
Et me comble à la fois de joie et de tristesse.

LA COMTESSE.

Ah ! j'irai le trouver, embrasser ses genoux..

GABRIELLE, *vivement.*

Ah ! ma mère, souffrez que j'y vole avec vous.
Je lui dirai les vœux que nous formons sans cesse,
Je lui peindrai si bien notre vive tendresse :
Les chagrins de Montfort, les vertus de ma sœur,
Les heureux qu'il fera... je toucherai son cœur ?
Son cœur, vous le savez, est rempli de clémence !

HÉLOÏSE.

Que notre âme aisément renaît à l'espérance !
J'ose entrevoir encore un avenir heureux !

SCÈNE IV.

Les mêmes. LE COMTE.

LE COMTE.

Eh ! quoi ! c'est vous, Montfort ! en croirai-je mes yeux ?

MONTFORT.

Ah ! cher comte, appprenez le malheur qui m'amène,
Le Roi non-seulement prétend rompre ma chaîne,

Mais il prétend encor disposer de ma main ;
Je n'espère qu'en vous pour changer son dessein ,
De sa brillante cour , Philippe , heureux transfuge ,
Contre ses courtisans à Dreux cherche un refuge ,
Et fuyant des palais l'étiquette et l'ennui,
Laisse tous ses enfans arriver jusqu'à lui.
Suivez nos villageois, que leur tendresse inspire ,
Auprès de ce bon prince ils sauront vous conduire
Venez; à ses genoux tombons tous réunis :
Si Philippe vous voit , nos malheurs sont finis.

LE COMTE.

Je sais, autant que vous , aimer un si bon maître,
Idolâtré partout, il mérite de l'être !
Mais pourrais-je choisir un semblable moment,
Pour montrer au grand jour mon secret sentiment?
Non , je ne prétends pas ainsi ternir ma gloire.
Que penseroit le Roi? ne pourroit-il pas croire
Que mon intérêt seul me guide auprès de lui?
Que , voulant m'allier à Montfort aujourd'hui,
Je montre un repentir qui n'est pas véritable ,
N'attendant pour trahir que l'instant favorable?
Le Roi me connaîtrait s'il était en danger,
S'il voyait dans nos champs revenir l'étranger ;
Si quelque faction abominable, impie,
En menaçant le trône attaquait la patrie.
Mais tant qu'on le verra , souverain fortuné ,
D'hommages et d'amour sans cesse environné ,
Heureux de son bonheur, fort de ma conscience ,
Jouissant en secret du calme de la France ,
Français reconnaissant et sujet sans détours ,
Je bénirai le prince et le fuirai toujours.

LA COMTESSE.

Je n'attendais pas moins de votre caractère ;

Mais n'accordez-vous rien au doux titre de père?
Et, lorsque vous pouvez rendre heureux ces enfans,
Devez-vous déguiser encor vos sentimens?

MONTFORT.

Ecoutez l'amitié, cédez à la nature.

LE COMTE.

Rien ne peut me fléchir : en vain elle murmure.
Je ne vois que l'honneur, l'honneur seul est ma loi.

GABRIELLE, vivement.

Quand on aime l'honneur, on doit aimer le Roi;
Et quand on le chérit. .. ... ah! pardonnez, mon père,
Je sais que vous l'aimez, sa gloire vous est chère;
Mais jamais, non jamais je n'ai pu concevoir
Comment on aime ceux que l'on ne veut pas voir.

LE COMTE, sévèrement.

Gabrielle!.....

LA COMTESSE

Excusez sa naïve colère !

MONTFORT, riant.

Comte, la vérité ne saurait vous déplaire.
Venez, venez prouver que du prince aujourd'hui
Vous seriez le plus noble et le plus ferme appui.
Un exemple aussi beau du reste des rebelles
Peut faire des sujets et soumis et fidèles,
En vous voyant du prince embrasser les genoux,
Fiers de vous imiter, ils y tomberons tous.

LE COMTE.

Aucun d'eux n'a besoin qu'on lui donne l'exemple,
Tous les cœurs sont au Roi que l'Europe contemple.
Il sait par ses vertus se faire des sujets,
Et qui veut le haïr ne peut être français.

LA COMTESSE.

Mais voyez la douleur de ma chère Héloïse ;
L'espérance à son cœur n'est-elle plus permise ?
Et le vôtre. . . .

HÉLOÏSE.

Ah ! ma mère, arrêtez ; dès ce jour,
J'oublirai, s'il le faut, Montfort et mon amour.
Je ne le cache point ; cette union chérie
Eut fait, auprès de vous, le bonheur de ma vie.
Mais le devoir commande, il faut suivre sa loi.
Obéissez, Montfort, aux volontés du Roi.
Moi. fille toujours tendre, heureuse de lui plaire,
J'obéis sans me plaindre à celles de mon père.

SCÈNE V.

Les mêmes. Un VALET.

LE VALET, *au Comte.*
Deux inconnus, monsieur, demandent à vous voir.

LE COMTE.
Faites entrer ; ici, je vais les recevoir.

(*Le valet sort.*)

LA COMTESSE.
Ainsi, sans nul espoir, comte, je vous implore ?

LE COMTE.
Pardonnez mon refus. . . . . sur-tout que l'on ignore
l'honorable motif de ces joyeux apprêts,
Et ne laissons point voir nos sentimens secrets.

(*Montfort donne la main à la Comtesse. Ils
sortent. On ferme les portes du fond.*)

SCENE VI.

LE COMTE, *seul.*

Je les afflige tous par tant de résistance !
Mais que penserait-on de mon peu de constance ?
Je passerais, aux yeux de tout les courtisans,
Pour un de ces mortels et lâches et rampans,
Mercenaires flatteurs, sujets vils ou frivoles,
Sacrifiant, sans choix, à toutes les idoles ;
Ayant pour seule loi, pour unique devoir ,
L'intérêt personnel et la soif du pouvoir.
Non, non ; le bonheur seul de ma belle patrie,
Aux intérêts du prince est le nœud qui me lie ;
Philippe, quelque jour, saura mieux me juger !

SCÈNE VII.

LE COMTE, LE ROI, LE COMTE ROGER.

UN VALET, *annonçant.*
Le comte de Réthel et le comte Roger.
(Le valet sort.)

LE COMTE.
A quel bonheur, messieurs, dois-je votre visite ?

LE ROI.
Comte, vos qualités, votre rare mérite,
M'avaient de vous connaître inspiré le désir ;
C'est au duc de Montfort que je dois ce plaisir.

LE COMTE, *surpris.*
A Montfort, dites-vous ?

LE ROI.
        Amis dès notre enfance,
Montfort a mérité toute ma confiance ;

Il sait tous mes secrets, et lui-même, à son tour,
A cru ne pas devoir me cacher son amour.
Je viens donc en son nom, comte, pour vous apprendre
Qu'il ne peut désormais auprès de vous se rendre;
Que le Roi lui défend de paraître en ces lieux,
Et rompt l'heureux hymen projeté par vous deux.

LE COMTE, très-surpris.

Quoi, le duc de Montfort!....

LE ROI.

Dans sa douleur extrême

Ne peut de son malheur vous instruire lui-même;
Et jaloux d'obéir aux ordres de son Roi,
A chargé l'amitié de ce pénible emploi.

LE COMTE, à part.

Voilà, sur mon honneur, une étrange aventure.

LE ROI, bas, à Roger.

Contre le Roi déjà je l'entend qui murmure.

LE COMTE.

Messieurs, votre visite en ces lieux me plaît fort.
Je vois avec plaisir les amis de Montfort.
Toujours dans ma maison je leur garde une place.
Mais sur un certain point répondez-moi de grâce;
Quand Montfort vous a-t-il donné la mission
De venir me trouver..... A cette question
Pourquoi sans hésiter, messieurs, ne pas répondre?

(A part.)

Je vois leur embarras et je veux les confondre.

ROGER.

Mais, c'est hier,..... je crois.....

LE COMTE.

Vous êtes diligens.

LE ROI.

Quand il faut obliger, doit-on perdre du tems?

LE COMTE, *avec ironie.*

Et ce pauvre Montfort n'a pu venir lui-même !
Il sait pourtant combien le Roi l'estime, l'aime,
L'ordre qu'il en reçoit n'est pas si rigoureux......

LE ROI, *vivement.*

En désobéissant il vous perdait tous deux.

LE COMTE.

Je conçois maintenant la crainte qui l'arrête.

ROGER.

Montfort veut désormais vivre dans la retraite,
Livré depuis deux jours à son cruel ennui,
Cet amant malheureux ne sort plus de chez lui.

LE COMTE, *à part.*

Quelle audace !

LE ROI.

Daignez, comte, je vous supplie,
Daignez, nous présenter la famille chérie
qui, par ses tendres soins, au faste de la cour,
Vous a fait préférer ce paisible séjour.
Devant elle je veux achever mon message,
Et la vertu toujours a droit à notre hommage.

LE COMTE, *à part.*

Ils veulent m'abuser par des mots séduisans !
(*Haut.*)
Vous approchez du Roi ?

LE ROI, *gaîment.*

Nous sommes courtisans !

LE COMTE.

Je l'aurais deviné.... Messieurs, veuillez m'attendre :
Ma famille à l'instant près de vous va se rendre.
(*A part.*)
Allons chercher Montfort, et nous saurons enfin
Qui sont ces étrangers et quel est leur dessein.
(*Il sort.*)

2

SCÈNE VIII.

LE ROI, ROGER.

LE ROI.

Enfin, voici l'instant qui me fera connaître
Si le comte de Dreux est soumis à son maître,
Et si tous les rapports qu'on m'en fait chaque jour,
Sont des faits avérés ou des propos de cour.

ROGER.

Sire ....

LE ROI, *l'interrompant.*

Moi même ici j'en viens chercher la preuve :
Le destin de Montfort dépend de cette épreuve ;
Le comte, assure-t-il, contre moi prévenu,
De sa fatale erreur est enfin revenu :
Je le désire, ami. Déjà l'Europe entière
Précipite ses pas vers cette noble terre
Où nos Chrétiens, remplis de divins souvenirs,
Unissent aux lauriers la palme des martyrs.
Déjà du Tout-Puissant, embrassant la défense,
L'impétueux Richard, vers ses bords me devance,
Et l'étendart des lys, effroi du Musulman,
Flottera dans trois mois au sommet du Liban !
Mais quand je vais quitter et mon peuple et la France,
J'y veux laisser la paix, le bonheur, l'abondance,
En chasser la discorde et les divisions,
Eteindre les partis, calmer les passions,
Et graver dans les cœurs ma maxime chérie
De tout sacrifier au bien de la patrie !

ROGER.

Ah ! si vous desirez le bonheur des Français,
Sire, exaucez leurs vœux, ne les quittez jamais.

LE ROI.

Ah ! combien je voudrais que dans cette retraite
Le comte eût oublié son erreur, sa défaite,
Et n'offrit à mes yeux que le sujet soumis,
Et le fils repentant que Montfort m'a promis.

ROGER.

Sire, Montfort toujours fut loyal et sincère.

LE ROI.

L'amour peut l'aveugler, que ma bonté l'éclaire.
Le ciel me donne en vous des amis vertueux,
Ils ont tout fait pour moi, je ferai tout pour eux ;
Et parmi mes vertus, dans tous les temps, la France
Comptera la justice et la reconnaissance.

ROGER.

Cher prince !.....

LE ROI.

       De Monfort, tandis que la douleur
Accuse loin d'ici Philippe et sa rigueur,
De ce sujet soumis, obéissant, fidèle,
Le bonheur en ces lieux secrètement m'appele :
Heureux, si je pouvais trouver en ce séjour
Ce qui peut accorder sa gioire et son amour !

ROGER.

Mais, sire, en ce château, quand vous osez paraître,
Le comte ne peut-il enfin vous reconnaître ?

LE ROI, *avec noblesse et gaîté.*

Il ne m'a jamais vu qu'au milieu des combats,
Nos ennemis alors ne m'envisageaient pas.
Sur ce point, cher Roger, nous n'avons rien à craindre.
Descendu de ce trône, où je dois me contraindre,
Sous ce déguisement, ton prince ; auprès de toi,
Vient goûter la douceur de ne pas être Roi :

Et ce modeste habit, Roger, quoiqu'il arrive,
Me promet des plaisirs dont la pourpre me prive.
Déjà dans les hameaux et les champs d'alentour,
J'ai vu ce que jamais on ne voit à la cour ;
Une gaîté naïve, une franche allégresse,
Et mon nom répété partout avec ivresse !
Pour mon cœur attendri, que ce jour a d'attraits !

ROGER.

Ah ! sire, cette fête est celle des Français !
Ils bénissent en vous déjà la bienfaisance !

LE ROI.

Je n'ai rien fait encor, mais mon règne commence.

ROGER.

Sire, tout leur prédit qu'il sera glorieux.

LE ROI.

Ma véritable gloire est de les rendre heureux :
Tous les lauriers-promis à nos brillantes armes
Valent-ils la douceur d'arrêter quelques larmes ?
Mais le comte, je crois, nous oublie ; et pourtant
De le voir, lui parler, je suis impatient.
Voudrait-il de Montfort nous cacher la maitresse ?
On la dit fort jolie, et son sort m'intéresse ;
Puisse son père.... hélas ! je n'ose m'en flatter !...
Si le comte est soumis qui peut donc l'arrêter ?
Mes bras, lui sont ouverts, je l'attends, je l'appelle....
Qui s'obstine à me fuir ne peut être fidèle.

ROGER.

Sire, le factieux, en proie au repentir,
Craint l'aspect d'un bon Roi qu'il a voulu trahir :
Et, malgré le pardon, redoutant sa colère,
Il voit en lui son juge, et n'ose y voir son père !

LE ROI, *gaîment.*

On vient ; n'oubliez pas surtout, mon cher Roger,
Que de Montfort, ici, je suis le messager.

SCENE IX.

Les mêmes. LE COMTE, MONTFORT, LA COMTESSE, HELOISE, GABRIELLE.

LE COMTE, *à Montfort.*

Il faut absolument dévoiler ce mystère.

MONTFORT, *reconnaissant le Roi.*

Ciel !

LE ROI.

Montfort !

ROGER, *à part.*

La rencontre est un peu singulière,

MONTFORT, *à part.*

Le Roi dans ce château !

LE ROI, *à part, avec douleur.*

Quoi ! Montfort me trahit !

LA COMTESSE, *à Montfort.*

Que vois-je ! à son aspect vous restez interdit !

LE COMTE.

De grâce, expliquez-moi cet étrange message ;
Il ne s'accorde guère avec votre voyage.

MONTFORT, *à part.*

Que leur dire, et combien je me sens criminel.

ROGER, *montrant le Roi.*

Duc, vous avez trompé le comte de Réthel.

LE ROI.

Pour servir l'amitié ; j'accours rempli de zèle,
Et vous me devancez ; la surprise est cruelle !
A vous trouver ici, me serais-je attendu ?
Je croyais que le Roi vous l'avait défendu.

MONTFORT.

Je confesse les torts dont votre cœur m'accuse ;
Mais l'amour m'a conduit, et voilà mon excuse.
(*Il présente Héloise.*)

LE ROI, *galamment, mais toujours fâché.*

Je la trouve très-bonne, et ne suis point surpris
Du violent amour dont vous êtes épris.
Le Roi, le Roi lui-même, en voyant tant de charmes
Ne pourrait s'empêcher de leur rendre les armes.

GABRIELLE.

(*A part.*)   (*Haut, en s'approchant.*)

Le joli compliment ! Qu'il parle bien.   Et moi,
Me direz-vous, seigneur, si je plairais au Roi ?

LE ROI, *riant.*

J'en serais le garant. (*Au comte.*) C'est aussi votre fille ?

LE COMTE.

Monsieur le comte, ici, voit toute ma famille.

LE ROI, *à la comtesse.*

Madame, pardonnez, si le premier moment,
A l'aspect de Montfort, fut pour l'étonnement.
En chevalier français, je n'aurais dû peut-être
M'occuper que de vous, en vous voyant paraître.

GABRIELLE, *à part.*

Comme ces grands seigneurs font bien les complimens !

MONTFORT, *à part.*

Quels sont donc ses projets ?

LE COMTE, *bas, à Montfort.*
Resteront-ils long-temps ?

ROGER.

Mais, dans ce vieux manoir, comment peut-on, madame,
Cacher des qualités que le monde réclame ?
Vos charmes sont peu faits pour ce triste séjour,
Et toutes vos vertus sont dignes de la cour ?

LA COMTESSE.

Seigneur, de vos bontés, vous me voyez confuse,
Et votre œil indulgent, sans doute, vous abuse.
Mais la cour a pour moi perdu tous ses attraits,
Et je la connais trop pour y rentrer jamais.

LE ROI, *bas, à Roger.*

Eh bien! vous l'entendez, Roger, et ce langage!....

LA COMTESSE.

Qui? moi! je reprendrais ce superbe esclavage!
Moi, j'irais de nouveau présenter aux ennuis
Un front resplendissant et d'or et de rubis;
J'irais des courtisans, augmentant la cohue,
Du trône, embarrasser la brillante avenue,
Et souvent, malgré moi, dans ce concours nombreux,
En fermer le passage à plus d'un malheureux.
Non, non, je chéris trop ce séjour solitaire :
Grande dame à la cour, en ces lieux, je suis mère!
J'y savoure à longs traits ce noble sentiment
Que l'on ne peut chez vous qu'effleurer en passant;
Le cœur toujours tranquille et l'âme toujours pure
Comme les simples fleurs dont je fais ma parure,
Un époux adoré, Montfort et mes enfans,
Voilà, voilà ma cour et tous mes courtisans.

LE COMTE.

Nous ne quitterons plus notre paisible asile,
Je connais trop le prix d'un bonheur si tranquille;
Heureux dans ma famille et content de mon sort,
Je saurai vivre en sage et mourir dans le port.

LE ROI.

Mais vous, vous adorable et pensive Héloïse,
Haïriez vous la cour? parlez avec franchise.
Ses plaisirs n'ont-ils rien qui puisse vous charmer?

HÉLOÏSE.

Non, seigneur ; Montfort seul peut me la faire aimer,

GABRIELLE.

Pour moi, je l'avouerai, je ne sais pas encore
Ce que c'est que la cour et pourtant je l'adore.
Si j'y vais. ... Si mes vœux sont enfin entendus
Puisqu'on y voit le Roi je n'en sortirai plus.
   (*Au roi.*)
Quelle place à la cour est par vous occupée
Auprès de ce bon Roi ?

LE ROI, *riant.*

Je porte son épée.

GABRIELLE.

Mais c'est très-honorable au moins !.....
               (*A Roger.*)
                    Et vous, seigneur ?

ROGER, *riant.*

Moi, mon aimable enfant, je suis. ... son grand veneur.

GABRIELLE, *avec une révérence.*

Son grand veneur !......

LE ROI, *à Roger.*
        Je ris de son étourderie.

  (*à Gabrielle.*)
Vous aimez donc le Roi ?

GABRIELLE.
        Je l'aime à la folie.

LE COMTE, *un peu sévèrement.*
Gabrielle !....

GABRIELLE.
      Non, non, je ne me tairai pas
Et c'est assez crier : vive le Roi, tout bas.

HÉLOÏSE, *bas.*

Voulez-vous donc toujours affliger notre père.

GABRIELLE.

Oh ! non, jamais, jamais ; mais je suis en colère,
Et puisqu'on ne veut pas répéter mon refrain,
Je vais le faire dire aux échos du jardin.

(*Elle sort.*)

LE ROI, *bas, à Roger.*

Pourquoi de cet enfant contraindre la tendresse ?
Je veux approfondir ce secret qui me blesse.....

LE COMTE, *bas, à la comtesse.*

Cachez leur bien, surtout, vos nobles sentimens.

LA COMTESSE.

Pourquoi feindre avec eux ?

LE COMTE.

Ce sont des courtisans.
De la fête du jour qu'on leur fasse un mystère.

(*au Roi et à Roger.*)

Un instant de repos vous sera nécessaire :
Messïeurs, suivez mes pas, et qu'il me soit permis.....

LE ROI.

Comte, vous nous traitez comme de vieux amis.

(*Le Roi donne la main à la comtesse et à Héloïse. Ils sor-*
tent. Montfort arrête Roger.)

SCÈNE X.

MONTFORT, ROGER.

MONTFORT.

Cher comte, vous voyez le trouble qui m'agite :
De grâce expliquez-moi cette étrange visite.

ROGER.

Qui! moi! vous l'expliquer? (*en riant.*) Montfort en ce séjour,
Auriez-vous oublié ce que c'est que la cour ?
Philippe est aujourd'hui conduit par le mystère ;
Je dois en courtisan et tout voir et me taire.

MONTFORT.

Mais voyez mon tourment !....

ROGER , *riant.*

Je serai sans pitié!

MONTFORT.

Et quoi ! ne doit-on rien à la franche amitié ?
Comte, depuis long-temps chacun connaît la nôtre.

ROGER.

Je suis l'ami du prince, avant d'être le vôtre ,
Et si l'on vous donnait , entre nous , à choisir,
Vous serviriez le prince avant de me servir.

MONTFORT.

Non , je ne connais point la science perfide
De prendre , à chaque pas , mon intérêt pour guide ,
Et Philippe voudrait vous tromper aujourd'hui ,
Que ma voix vous dirait : méfiez-vous de lui.

ROGER.

Duc de Montfort, le Roi ne veut tromper personne.

MONTFORT.

Je le sais , et jamais on n'a vu sur le trône
Pour faire aimer des Rois l'auguste majesté ,
La sagesse s'unir à plus de loyauté
Mais quels soins en ces lieux l'obligent à se rendre ?
Avait-il le dessein de venir me surprendre ?

ROGER , *riant.*

Vous pouvez sur ce point, n'avoir aucun souci ,
Montfort, ce n'est pas vous qu'il vient chercher ici.

MONTFORT.

Ah ! je le savais trop....

ROGER.

Comment ?

MONTFORT.

Cessez de feindre ,
Comte , de ma douleur vous n'avez rien à craindre ;
C'est moi qui l'ai voulu. C'est moi qui chaque jour,
Des plus douces couleurs lui peignant mon amour,
Et les attraits touchans de ma chère Héloïse ,
(*Avec ironie.*)
A Philippe inspirai cette noble entreprise.

ROGER.

Quoi ! Montfort, vous croyez ?....

MONTFORT.

Vous vous êtes trahi ,
Comte , et sans le vouloir vous servez votre ami.

ROGER.

Mais désabusez-vous, le prince....

MONTFORT.

Il est aimable.
Aux belles de sa cour , Philippe est redoutable.
Les rois bien rarement éprouvent des rigueurs ,
Et le nôtre surtout sait gagner tous les cœurs.

ROGER.

Eh ! quoi ! vous supposez qu'un prince magnanime ,
Que la France idolâtre , et que l'Europe estime ,
Des lois et des vertus ferme et constant appui ,
Oubliant ce qu'il doit à ses sujets , à lui.....

MONTFORT.

Ah ! je connais Philippe et ses vertus royales ;
Mais je connais aussi nos brillantes annales ,

Comte, et sur leurs feuillets je lis que de tout tems
Nos princes les meilleurs furent les plus galans.
Le ciel donne aux héros les plus grandes faiblesses,
De Philippe d'ailleurs on connaît les tendresses,
Et vingt brillans tournois on fait voir à sa cour
Que s'il cherche la gloire il ne fuit point l'amour.
Sur le portrait charmant que j'ai fait d'Heloïse,
D'un violent amour l'âme soudain éprise,
Il vient, peut-être, il vient à des yeux ingénus
Faire briller son sceptre ou plutôt ses vertus;
Et par mille moyens trop certain de séduire. . . .

ROGER.

Un plus noble motif ne peut-il le conduire?
Et ce prince adoré (*s'arrétant*); je ne puis à vos yeux
Dévoiler le secret qui l'amène en ces lieux :
Mais de son cœur royal le mien a fait l'étude,
Et comme vous, Montfort, dans mon incertitude,
Ce ne serait jamais, devrais-je m'abuser,
Des erreurs qu'à mon Roi je voudrais supposer.

(Il sort.)

SCÈNE XI.

MONTFORT, GABRIELLE.

GABRIELLE.

Ah! vous voilà, Montfort, à la fin, je vous trouve!

MONTFORT, à part.

Cachons à tous les yeux le trouble que j'éprouve.

GABRIELLE.

Je ne sais pas vraiment à quoi l'on songe ici ;
Mais on me laisse tout à faire.

MONTFORT.
Comment?

GABRIELLE.

Oui :

Et, tandis que chacun ordonne, admire ou raille,
De toute la maison, moi seule je travaille.
Je crois en vérité qu'on se moque de moi!
Ah! si ce n'était pas pour la fête du Roi!

MONTFORT.

Mais votre sœur....

GABRIELLE.

Ma sœur! si l'on comptait sur elle,
Sans reproche, entre nous, la fête serait belle!
Elle n'a pas cueilli la plus petite fleur.
Ah! vous verrez, Montfort, ce que c'est que ma sœur!
Quand vous serez liés par les nœuds d'hyménée,
Votre fête viendrait mille fois dans l'année,
Que si je n'étais là vous n'auriez sûrement,
Dans un jour aussi beau, ni fleurs, ni compliment.

MONTFORT.

Vous croyez?

GABRIELLE.

J'en suis sûre, et jugez-en vous-même.
La fête est pour ce soir; c'est pour un roi qu'elle aime.
On n'en a pas encor fini tous les apprêts.
Eh bien! (vous ne pourrez le deviner jamais)
Savez-vous ce que fait votre chère Héloïse?

MONTFORT.

Non.

GABRIELLE.

Avec l'étranger, dans le salon assise,
Elle écoute, en riant, les plus jolis propos.

MONTFORT.

Héloïse !

GABRIELLE.

En passant, j'ai retenu ces mots :
Je veux votre bonheur ; vous êtes la plus belle.

MONTFORT.

(*A part.*) (*Haut.*)
O ciel ! Et votre sœur, que lui répondait-elle ?
Sans doute, à ce discours imprudent, insensé,
Levant sur l'étranger un regard courroucé,
Dans le fond de son cœur elle aura laissé lire,
Et prouvé....

GABRIELLE.

Pas du tout ; elle s'est mise à rire.

MONTFORT.

Eh ! quoi !....

GABRIELLE.

Vous conviendrez que cela n'est pas bien ?

MONTFORT, *agité.*

Non, vraiment.

GABRIELLE.

Je travaille, et ma sœur ne fait rien.

MONTFORT, *à part.*

Rendons-nous auprès d'elle, et que pour ma présence,
Philippe....

GABRIELLE, *l'arrêtant.*

Demeurez ; un peu de patience.
Puisque nous voilà seuls, faites-moi répéter
L'idyle que ce soir je dois vous réciter ?

MONTFORT.

(*A part.*)   (*Haut.*)
L'instant est bien choisi ! Ma chère Gabrielle ;
Près de cet étranger, le devoir me rappelle,
Et je vais....

GABRIELLE.

Vous allez m'écouter, je le veux.

MONTFORT.

Mais....

GABRIELLE.

Un seul mot encor, nous nous brouillons tous deux.

MONFORT, *faisant tout pour se contraindre.*

Je vous écoute.... allons....

GABRIELLE, *lui donnant le manuscrit.*

Cette idyle, je gage,

N'a pas soixante vers, et c'est vraiment dommage....

MONTFORT.

(*A part.*) (*Haut*)

Quel supplice ! Voyons.

GABRIELLE.

Vous m'avez dit souvent

Que l'on doit réciter les vers très-lentement.

Je suivrai vos conseils.

MONTFORT, *impatienté.*

Une idyle, ma chère,

Exige un débit prompt.....

GABRIELLE.

Je croyais le contraire.

Mais enfin, vous devez le savoir mieux que moi ;

Et vous serez content. (*Récitant.*) *La fête d'un bon Roi ,*

Ou les vœux de la France et de l'Europe, idyle. ...

MONTFORT, *tournant brusquement un feuillet.*

Passez vite au sujet, le titre est inutile.

SCENE XII.

Les mêmes , LA COMTESSE.

LA COMTESSE.

Je vous cherche, Montfort, partagez mon espoir.

MONTFORT, *rendant le manuscrit, à part.*

Elle arrive à propos.

GABRIELLE.

Et mes vers.

MONTFORT.

A ce soir.

LA COMTESSE.

Du comte de Réthel vous me voyez charmée.

MONTFORT, *piqué.*

Eh ! quoi ! déjà pour lui votre âme est enflammée?

LA COMTESSE.

Il est noble, galant.....

MONTFORT.

Je le sais.

LA COMTESSE.

Sans détour,

Croyez-vous ce jeune homme assez bien à la cour ?

MONTFORT.

Il suit partout le Roi , c'est un autre lui-même.

LA COMTESSE.

Ah ! vous me ravissez !

MONTFORT.

Mais quel délire extrême !

LA COMTESSE.

Au destin d'Héloïse il veut s'intéresser.

MONTFORT, *à part.*

D'un semblable intérêt il peut se dispenser,

LA COMTESSE.

Par sa protection nous parviendrons, j'espère,
A faire révoquer un arrêt trop sévère.
Il vous aime, il peut tout, et je crois qu'en ce jour,
Il mettra son bonheur à servir votre amour.

MONTFORT.

Il ne remplira pas cette flatteuse attente.

LA COMTESSE.

Il doit vous protéger, Héloïse l'enchante !

MONTFORT.

En effet ; voilà bien l'usage favori :
On admire la femme et l'on sert le mari.

LA COMTESSE.

Quoi ! vous supposeriez que son âme est guidée
Par un désir coupable, une cruelle idée ?
Non, non, ses sentimens me sont déjà connus.
Il suffit de le voir pour croire à ses vertus.
Et si je ne craignais .... Voici notre Héloïse !

SCÈNE XIII.

Les mêmes. HELOISE.

HÉLOÏSE.

Ah ! Madame ! Ah ! Montfort ! il faut que je vous dise
Tout ce que m'a promis cet aimable étranger.
Non seulement, tous deux, il veut nous protéger ;
Mais ce soir, à la cour il doit faire un voyage
Pour hâter, m'a-t-il dit, un si doux mariage.

GABRIELLE, *vivement.*

Conservez, cet ami, cher Montfort, avec soin ;
Votre sœur, quelque jour, peut en avoir besoin.

HÉLOÏSE.

Son désir le plus cher est de me voir heureuse !
Ah ! Montfort, que son âme est noble et généreuse !
Je viens de le laisser au jardin , et son cœur
Goûte , j'en suis bien sûre , un moment de bonheur.
De tous nos villageois qu'anime la folie,
Sous les murs du château la foule est réunie.
Ils chantent, en dansant, l'objet de tous nos vœux ;
Ils célèbrent le Roi qui les rend tous heureux.
Leur naïve tendresse éclate en cries de joie.
Le comte de Réthel , craignant qu'on ne le voie,
Contemple du jardin ces tableaux enchanteurs ,
Et j'ai vu , de ses yeux, s'échapper quelques pleurs.

MONTFORT, *à part.*

Ah ! le ciel lui devait cette heureuse journée !

SCÈNE XIV.

Les mêmes. LE COMTE.

LE COMTE.

En ce beau jour, Montfort, j'ai voulu , cette année,
Réunir les parents, les amis , les vassaux ,
Qui suivirent jadis mes rebelles drapeaux.
Chacun à mes désirs se hâte de se rendre :
Dans mon appartement ils doivent tous m'attendre !
Quand il en sera tems, nous viendrons, en ces lieux ,
Offrir à notre Roi nos hommages pieux ,
Et du faste des cours dédaignant l'étalage,
Brûler un encens pur au pied de son image ;
Mais ces nouveaux sujets pensent tous comme moi.
Secrets admirateurs des vertus de leur Roi,
Et trouvant dans leur cœur toute leur récompense ;
Ils veulent l'honorer et l'aimer en silence.

De ces deux courtisans, l'aspect, dans ce séjour,
Va troubler le bonheur que promet ce beau jour.
Nul de nous, devant eux, n'épancheraient son âme;
Ils pourraient supposer qu'un artifice infâme,
Déguisant à leurs yeux nos premiers sentimens,
Doit nous faire manquer à de nouveaux sermens.
Avec tous les égards que chacun d'eux mérite,
Ne pourriez-vous, Montfort, abréger leur visite?

HÉLOÏSE.

Qu'entends-je?

LA COMTESSE.

Vous voulez?....

LE COMTE.

Jusques à leur départ,
Suspendre nos apprêts.

GABRIELLE.

Quel funeste retard!
Point de fête! Mon père. Ah! je vous en supplie....

LA COMTESSE.

Eh! quoi! vous prétendez que Montfort congédie
Ces nobles étrangers par vous même accueillis,
Deux favoris du prince....

MONTFORT.

Et ses meilleurs amis....
Cher comte, franchement, je ne serais point sage
Si j'osais me charger d'un semblable message.

GABRIELLE.

Si vous y consentez, je vais bien poliment
Prier ces étrangers de partir promptement.
Je les aimais beaucoup; mais puisqu'enfin mon père
Voulant secrètement fêter ce jour prospère,
Il faut choisir entr'eux et la fête du Roi,
Nous chômerons la fête, et je m'en charge, moi!

3*

LE COMTE.

Non, non, je craindrais tout de votre étourderie.

LA COMTESSE.

Cher comte, à ce dessein, pensez bien, je vous prie.

HÉLOÏSE.

Rendez ces étrangers témoins de votre amour.

LE COMTE.

Ils croiraient que je veux en instruire la cour.

MONTFORT.

Le comte de Réthel mérite votre estime.

LE COMTE.

Et mériter la sienne est l'espoir qui m'anime.

MONTFORT.

Montrez-lui pour le Roi votre fidélité.

LE COMTE.

Vous me pressez en vain, c'est un point arrêté.
Mais les momens sont chers ; déjà l'on se rassemble :
Près de ces étrangers, rendons-nous tous ensemble,
Et cherchons le moyen, sans leur manquer d'égard,
Pour honorer le Roi de hâter leur départ.

(Ils sortent par la droite.)

GABRIELLE.

Moi, je vais terminer les apprêts de la fête.
Je crois, en vérité, que j'en perdrai la tête.

SCÈNE XV.

LE ROI, ROGER, *arrivant par la gauche,* GABRIELLE,
occupée à tresser des fleurs et leur tournant le dos.

ROGER.

Oui, sire, en ce château tout est mystérieux,
Et quelque grand dessein s'y prépare à nos yeux.

On se parle tout bas , on nous fuit , on s'agite,
Et le comte , surtout, avec soin nous évite.
Ici l'on voit entrer depuis quelques instans ,
Tout ce que le canton offre de mécontens.
Ennemond , de Sancerre , et j'ai cru reconnaître
Le comte Jenneval ; ce perfide , ce traître ,
A qui votre clémence a pardonné deux fois ,
Et fidèle ennemi du trône et de ses Rois !

LE ROI.

De leur rassemblement que faut-il que je pense ?
Serais-je reconnu ? Leur affreuse démence
Voudrait-elle en ce jour !. . Non , non ; ils sont Français;
Ne leur supposons point d'aussi lâches projets.

GABRIELLE , *sans voir le Roi.*

Je ne sais pas vraiment à quoi songe mon père.

LE ROI , *l'apercevant.*

Gabrielle !

ROGER.

Ecoutons.

GABRIELLE.

Me forcer à me taire,
Moi ! qui voudrais toujours parler de notre Roi.

LE ROI , *à part.*

Elle est la seule ici qui s'occupe de moi !

GABRIELLE.

Mais dans cette retraite, isolée et profonde,
Pourquoi rassemble-t-il aujourd'hui tant de monde ?
Si , comme il nous le dit, ces gens sont animés
De nobles sentimens , pourquoi sont-ils armés ?
Pourquoi secrètement dans ce château se rendre ?
On le saura bientôt ; je brûle de l'apprendre ,
Et si ces étrangers venaient en ce moment ,
Je leur conseillerais de partir promptement.

ROGER.

Qu'entends-je !

GABRIELLE, *avec effroi.*

Ils étaient là !

ROGER, *vivement.*

Parlez, mademoiselle.
Calmez ou confirmez ma crainte trop cruelle.
Sous quel prétexte vain, pour quel dessein affreux
Tous ces vassaux armés viennent-ils en ces lieux,
Quel ordre les rassemble, et que veulent-ils faire ?
Parlez ?....

GABRIELLE.

C'est ce qu'il faut demander à mon père.
(*A part.*)
Bon, voici le moment de les congédier !

(*Elle réfléchit.*)

LE ROI.

Votre amitié, Roger; trop prompte à s'effrayer....

ROGER, *bas.*

Ah ! sire, pardonnez un excès de prudence;
Mais veiller sur vos jours, c'est veiller sur la France;
Et lorsqu'on m'a donné son bonheur à garder,
Sire, je dois tout craindre, et ne rien hasarder.

GABRIELLE, *A part.*
(*Elle appelle.*) (*Au Roi et à Roger.*)   (*Bas, à Robert.*)
J'y suis, Robert ! Pardon, messieurs, de votre zèle,
J'attends, en ce moment, une peuve nouvelle.
Rassemblez vos amis; rendez-vous sans retard
Au fond du petit bois qui touche le rempart,
Et que le son du cor annonçant une chasse....

(*Robert veut parler.*)
Ah ! ne répliquez pas. Obéissez.

(*Robert sort.*)

LE ROI, *s'approchant de Gabrielle.*

De grâce,
Mon enfant, dites-nous par quel fâcheux hasard
Vous vouliez de ces lieux hâter nôtre départ?

ROGER.

Nous vous déplaisons donc?

GABRIELLE.

Non, vraiment, au contraire,
Quand on aime le prince, on est sûr de me plaire,
Mais pour ceux qui dans lui n'ont point mis leur espoir,
Je suis un vrai lutin et je l'ai bien fait voir.

LE ROI.

Ne me déguisez rien, aimable Gabrielle,
Le Roi sait à quel point votre cœur est fidèle.

GABRIELLE.

Comment! le Roi le sait?

ROGER.

Il m'a parlé de vous.

GABRIELLE.

Le Roi parle de moi?

LE ROI.

Souvent. Expliquez-nous
Quel projet en ce jour, couvre tout ce mystère.
A la cour, avant peu, nous nous verrons j'espère;
Je veux moi-même alors vous présenter au Roi;
Mais il faut, Gabrielle, être franche avec moi.

GABRIELLE.

Apprenez mes secrets, je ne sais pas les taire.....
Mais vous me permettrez de grader ceux d'un père.

LE ROI, *la carressant.*

Le comte m'est si cher et je suis si discret!

GABRIELLE, *avec noblesse et ingénuité en même temps.*

Je les tairais au Roi, s'il me les demandait.

LE ROI.

Comment, si votre Roi vous disait : Gabrielle,
D'après certain rapport, qu'on m'assure fidèle ,
Le comte de ma perte en ce jour occupé.. ...

GABRIELLE.

Moi , je lui répondrais : Sire, on vous a trompé.
Mon père.,. .. Mais je dois me faire violence ,
L'adorer, l'admirer et garder le silence.

LE ROI, *bas à Roger, avec élan.*

Oh ! celui qui forma ce cœur si généreux ,
Doit avoir des vertus que l'on cache à mes yeux.

ROGER.

Mais pourquoi ces vassaux, ce mystère, ces armes ;
Ah ! Sire, je conçois les plus vives allarmes.
(*On entend dans le lointain une fanfare de chasse.*)

LE ROI.

Qu'entends-je !

GABRIELLE , *à part.*

Bon ! déjà mes ordres sont remplis ,
Et nos deux courtisans seront bientôt partis.
(*Le son du cor.*)

LE ROI, *à Roger.*

Ce bruit semble venir de la forêt voisine ,
Qui peut , sans mon aveu.. ..

GABRIELLE , *revenant de la fenêtre.*

Vous me voyez chagrine ,
Car il vous faut partir sur-le-champ.

ROGER.

Et pourquoi ?

GABRIELLE.

Entendez-vous ?

ROGER.

Eh ! bien ?

GABRIELLE.

C'est la chasse du Roi.

LE ROI.

Du Roi ! quoi ! vous croyez. . . . .

GABRIELLE, *allant à la fenêtre.*

Regardez dans la plaine ,
Le voyez-vous là bas ?

LE ROI, *riant.*

Mais non.

GABRIELLE.

Près du grand chêne ,
C'est lui.

ROGER.

Je ne vois rien.

GABRIELLE.

Il entre dans le bois.
Il vient de disparaître. (*Elle quitte la fenêtre.*)

ROGER, *riant.*

Oh ! non , car je le vois.

GABRIELLE.

Comment ! vous le voyez , mais où donc , je vous prie ?
(*Elle allait à la fenêtre et s'arrête tout-à-coup.*)
Ah ! mon père a raison , je suis une étourdie ;
Vous voir rester ici, ferait tout mon bonheur ,
Mais au Roi pour chasser il faut son grand veneur ,
Et lorsqu'auprès de lui le devoir vous appelle. . . .

LE ROI, *riant.*

Rassurez votre cœur , ma chère Gabrielle ,
Nous restons près de vous.

GABRIELLE.

Mais le courroux du Roi.

LE ROI, *riant.*

Le Roi, ma belle enfant, ne chasse pas sans moi.

ROGER.

Sire, voici Montfort, et nous allons apprendre.......

SCENE XVI.

Les mêmes. MONTFORT.

MONTFORT, *à Gabrielle.*

Auprès de votre mère, hâtez-vous de vous rendre,
Dites-lui, qu'aux genoux d'un prince trop clément
Je vais chercher ma grâce ou bien mon châtiment,
Et que dans ce séjour, si l'on me voit paraître,
C'est que j'aurai fléchi le cœur d'un si bon maître.

GABRIELLE.

Quoi, cher Montfort ?...

MONTFORT.

Adieu, nous partons tous les trois.

GABRIELLE.

Ah ! nous nous reverrons, n'est-ce pas ?

MONTFORT, *regardant le Roi.*

Je le crois.

SCÈNE XVII.

LE ROI, MONTFORT, ROGER.

MONTFORT, *aux pieds du Roi.*

Punissez, ô mon Roi, ma désobéissance.

LE ROI, *le relevant avec émotion.*

Mon cœur est offensé bien plus que ma puissance !
Vingt traîtres réunis ne m'épouvantent pas ;
Et je tremble, aujourd'hui, de trouver deux ingrats.
Condamnant ma rigueur et touché de vos larmes,
A servir votre amour trouvant de noble charmes,
Et plus que la raison consultant la pitié,
Je viens conduit ici par la seule amitié.
Ce n'est donc que pour vous, pour vous, ingrat que j'aime,
Que formant un projet d'une imprudence extrême,
Vous voyez votre Roi venir seul en ces lieux,
Pour lire dans le cœur d'un sujet factieux.
J'ai cru qu'il n'attendait qu'un moment favorable,
Pour montrer à son prince un retour véritable ;
Mais je suis bien trompé dans ce flateur désir :
Je venais pardonner, il me faudra punir.

MONTFORT.

Vengez-vous d'un sujet, sire, qui vous offense,

LE ROI, *lui tendant la main.*

Je connais votre cœur et voilà ma vengeance !
Mais comment expliquer dans ces coupables lieux,
Du crime et des vertus l'assemblage odieux :
Aux portes du château tout bénit mon empire,
Dans ses murs en secret contre moi l'on conspire,
Et pour comble d'horreur dans ce séjour fatal,
A côté de Montfort je trouve Jenneval.

MONTFORT.

Quoi, sire, vous savez?. . . . . .

ROGER.

Duc, j'ai vu ces rebelles;
Ennemond, de Nelci, de Sancerre, d'Orvelles,
Et tous les mécontens qui du comte de Dreux;
Suivirent dans Nemours l'étendart factieux.

MONTFORT.

Eh! bien que dans ce jour votre justice éclate,
Sire, c'est vainement que le comte se flatte,
De cacher désormais ses projets et ses vœux,
Vous saurez pénétrer son cœur mystérieux ;
Dans ce triste séjour on ne sait pas encore,
Que vous êtes ce Roi que la patrie adore
Profitons des momens, avec sécurité
Le comte et ses vassaux viennent de ce côté,
Daignez, daignez me suivre; apprennez leur offense,
Et sur leur crime après mesurez la vengeance.

LE ROI.

Quoi! Montfort, vous voulez?...

MONTFORT, *ouvrant les portes du fond.*

Dévoiler leurs projets.

LE ROI, *avec la plus grande surprise.*

Ciel! que vois-je?

MONTFORT, *l'entraînant dans la galerie.*

Venez; connaissez les Français!

(*Le Roi, Montfort et Roger sortent par le fond.*)

SCÈNE XVIII.

LE COMTE, LA COMTESSE, HELOISE, PARENS, AMIS et VASSAUX DU COMTE.

(Ils se placent autour de l'appartement.)

LA COMTESSE, *à Héloïse, en entrant.*
Dans ce jour solennel, si cher à ta famille,
Et devant nos amis, sèche tes pleurs, ma fille;
Si tu perds un époux, songe dans ta douleur
Qu'il te reste une mère ! . . .
HÉLOÏSE.
Elle est tout pour mon cœur.
LE COMTE, *tendrement, à Héloïse.*
Du départ de Montfort mon âme est affligée !
HÉLOÏSE.
Par ce tendre intérêt la mienne est soulagée !

SCÈNE XIX et DERNIÈRE.

Les mêmes. GABRIELLE, *accourant.*

GABRIELLE, *chargée de fleurs.*
Nous pouvons commencer, Montfort et ses amis,
Je puis vous l'assurer, du château sont partis;
On ne peut plus les voir déjà de la terrasse,
(Avec espiéglerie, à part.)
Vous verrez qu'ils auront été joindre la chasse.
LE COMTE.
Que je bénis l'instant qui nous rassemble ici !
Jenneval, Ennemond, d'Orvelles, de Nelci,
Et vous tous mes amis, vous, de qui la fortune
A suivi les revers de ma vie importune ;

Il vous souvient encor de ces tems trop cruels,
Où servant des projets aujourd'hui criminels,
J'osai du champ d'honneur, abordant la barrière,
Aux drapeaux de Philippe opposer ma bannière,
Et montrer à l'Europe un Roi vraiment français,
Forcé pour leur bonheur de vaincre ses sujets;
Courtisans fortunés et citoyens fidèles,
Qui vous forçait alors de devenir rebelles?
C'est moi!.... Je crus, amis, loin d'un prince adoré,
Vous conduire à la gloire et je vous égarai;
Aujourd'hui que je vois la France for tunée,
Aux genoux de son Roi fièrement prosternée,
Bénir de ses vertus le magique pouvoir
Et reprendre l'éclat qu'elle devait avoir;
J'ai voulu devant vous, qui fûtes mes victimes,
Devant vous seuls, ici, désavouer mes crimes :
Et comme mon erreur vous éloigna du Roi,
Je prétends à ses pieds vous conduire avec moi.
Non, que je veuille encor, oubliant mes naufrages,
De la cour de Philippe affronter les orages,
Et jusques à son trône, amis, guider vos pas;
Ses honneurs dangereux, pour moi n'ont plus d'appas.
Mais je veux dans ce jour, si cher à ma patrie,
Par une solennelle et sainte idolatrie,
Honorer un vrai sage et le meilleur des Rois,
Qui règne sur nos cœurs en régnant par les lois,
Et qui, pour le bonheur qu'il assure à la France,
Ne veut que notre amour pour toute récompense.
(Le Comte et tous ses amis tirent leurs épées.)
Amis, voici le don qui doit tout expier;
Et qui nous combattit saura l'apprécier !
Venez, suivez mes pas, et devant son image,
Déposons de ces fers, le glorieux hommage,

Jurons tous de servir quand il en sera temps
La patrie et le Roi.

  (*Ils vont pour deposer leurs épées au pied du buste.*)
    LE ROI, *paraissant.*

     Je reçois vos sermens !

    UNE VOIX.

C'est le Roi !

    LE ROI.

De mes jours le plus fortuné brille ,
Des enfans égarés rentrent dans ma famille !

    — TOUS.

Le Roi ! le Roi !

   (*Ils se jettent à genoux , excepté le comte.*)
    Tableau.

  LE COMTE, *à part, avec douleur.*

   Philippe ! aurais-je du penser ! . . . .

  GABRIELLE, *stupéfaite , à part.*

Quoi ! c'est le Roi ! . . . . . Le ciel a daigné m'exaucer.

LE ROI, *s'approchant du comte, avec émotion.*

Comte , de vos vertus mon âme est pénétrée !
Dans cette solitude, obscure et retirée,
Vous bénissiez mon règne , et moi, chaque jour,
Ecoutant les flatteurs dont abonde la cour ,
Je pouvais soupçonner un cœur si magnanime !
Comte, avec ma faveur, reprénez mon estime.
Et venez près de moi confondre les pervers.

    LE COMTE.

Ah ! Sire ! à vos genoux....

    LE ROI.

   Mes bras , vous sont ouverts.
    (*Il l'embrasse.*)

 (*A la comtesse*)

De la cour, maintenant que pensez vous , madame?

LA COMTESSE, *voulant se jetter à ses pieds.*

Sire , voyez mes pleurs et lisez dans mon âme.

LE ROI.

Héloïse, Montfort ! je fus bien rigoureux !
Mais la vertu triomphe et vous êtes heureux.

(*Il les unit.*) (*A Gabrielle.*)

Pour vous , aimable enfant, parlez, que puis-je faire ?

GABRIELLE.

Tous mes vœux sont comblés , si vous aimez mon père.

LE ROI, *aux parens, amis et vassaux du comte.*

Votre destin, amis, va changer désormais,
Le Roi vous reconnaît pour de dignes Français !
Que mon peuple, aujourd'hui, dans mes bras vous contemple,
Et de son souverain reçoive un grand exemple !
Du passé pour toujours, dans l'ombre enseveli ,
Que les seules vertus échappent à l'oubli ;
Et bénissant le jour qui nous réconcilie,
De nos cœurs réunis entourons la patrie.

FIN.